글 • **곽영미**

제주도에서 태어나 유치원 교사로 일하며, 성균관대학교 박사 과정에서 아동 문학·미디어 교육을 공부했습니다.

2007년 한국안데르센문학상 동화 부문 가작을 수상했으며, 2012년 경남신문 신춘문예 동화 부문에 당선되었습니다.

지은 책으로 《초원을 달리는 수피아》, 《옥수수 할아버지》, 《어마어마한 여덟 살의 비밀》, 《흙돼지 할아버지네 집》, 《두 섬 이야기》 등이 있습니다.

그림 • **김선영**

서울에서 태어났습니다. 국민대학교에서 도자 공예를 전공했고 아이들에게 그림을 가르쳤습니다.

아기자기하고 소소한 주변의 이야기에 관심이 많으며, 지금은 매일매일의 일상에 꿈을 더해서 그림을 그리고 있습니다.

코끼리 서커스

초판 1쇄 발행일 2015년 4월 7일
초판 3쇄 발행일 2022년 11월 15일

글 곽영미
그림 김선영
아트디렉터 곽영미
펴낸이 김경미
편집 강준선
디자인 이둘잎
펴낸곳 숨쉬는책공장
등록번호 제2018-000085호
주소 서울시 은평구 갈현로25길 5-10 A동 201호(03324)
전화 070-8833-3170 **팩스** 02-3144-3109
전자우편 sumbook2014@gmail.com
홈페이지 https://soombook.modoo.at
페이스북 /soombook2014 **트위터** @soombook **인스타그램** @soombook2014

ISBN 979-11-86452-01-1 04800

잘못된 책은 구입한 서점에서 바꿔 드립니다.

이 도서의 국립중앙도서관 출판시도서목록(CIP)은 서지정보유통지원시스템 홈페이지(http://seoji.nl.go.kr)와
국가자료공동목록시스템(http://www.nl.go.kr/kolisnet)에서 이용하실 수 있습니다.(CIP제어번호: CIP2015008863)

숨쉬는책공장 너른아이 시리즈는 가려져 잘 보이지 않는 세상 이야기를 구석구석 들춰 살펴봄으로써,
아이들이 스스로 넓은 시각을 가질 수 있도록 돕는 그림책 시리즈입니다.

코끼리 서커스

글 곽영미 · 그림 김선영

숨쉬는
책공장

즐거운 여행이 시작되었어.

오늘 밤 코끼리 서커스를 볼 거야.

지금쯤 코끼리들은
뭘 하고 있을까?

구경 온 많은 아이들이 줄지어 섰어.

이제 시작이야.
우리는 모두 숨죽여 기다렸어.

곧 눈앞에 커다란 코끼리가 나타날 테니까.

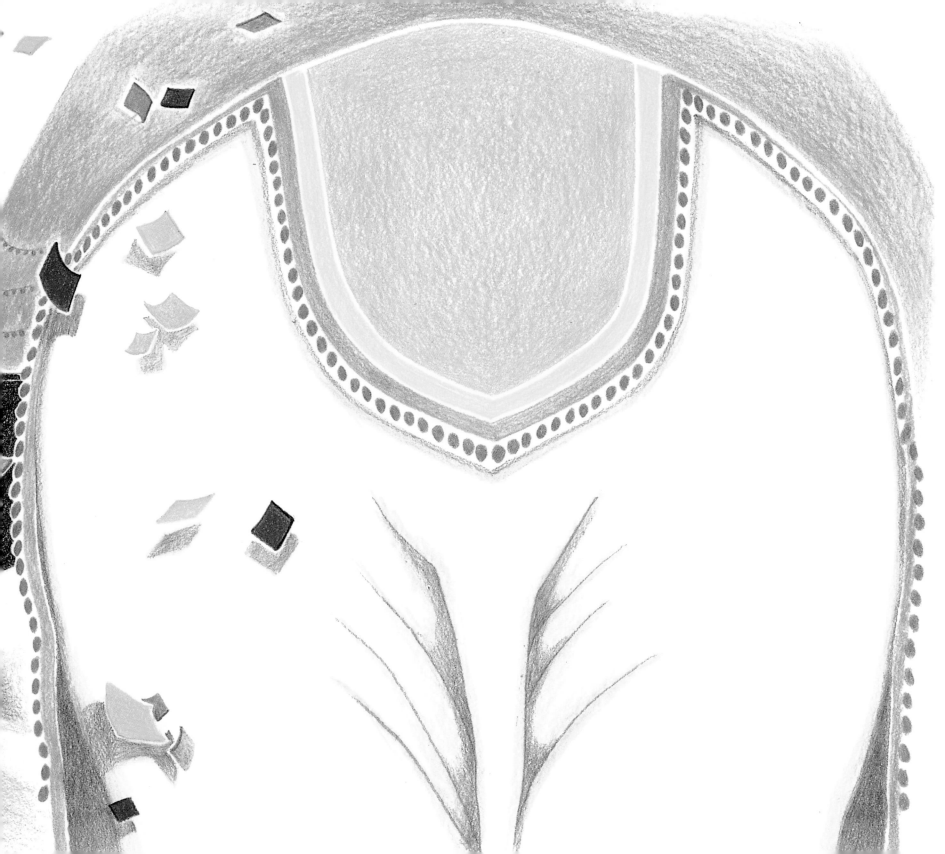

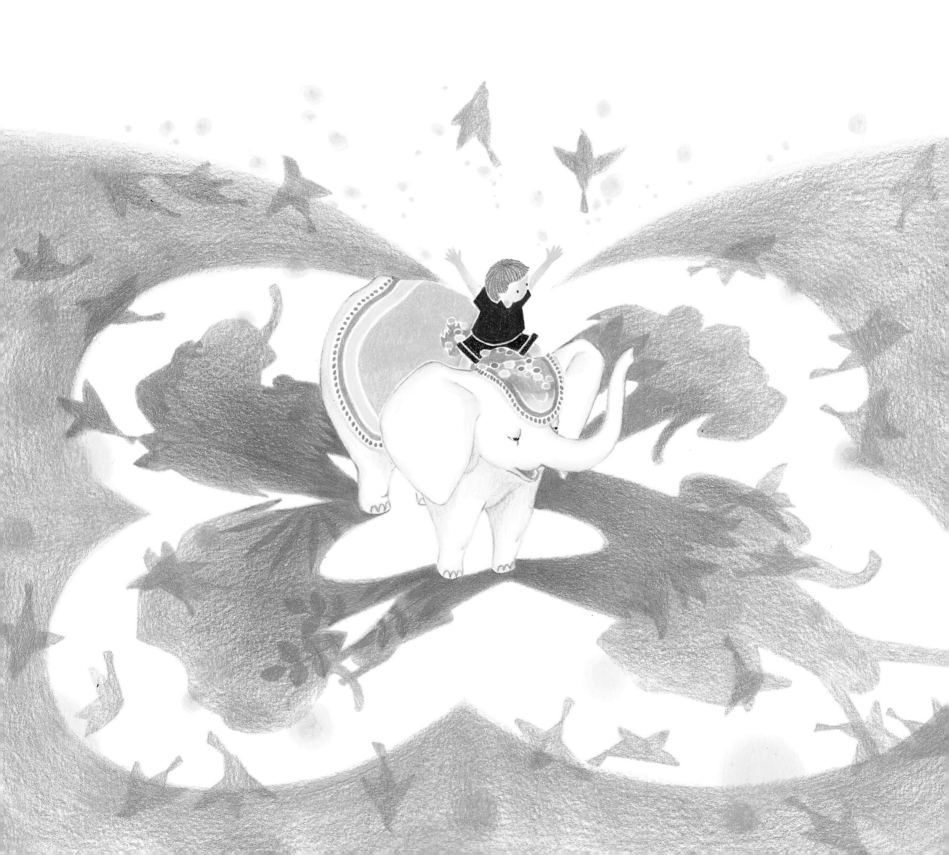

코끼리는 조련사의 말도 잘 듣고,

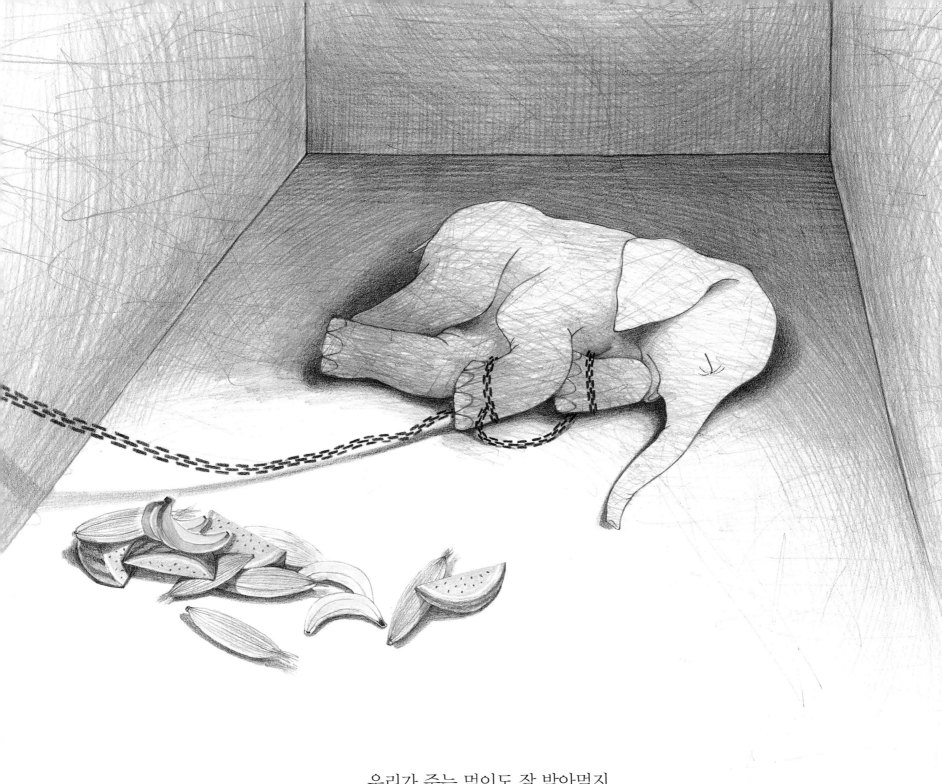

우리가 주는 먹이도 잘 받아먹지.

우리와 즐겁게 인사도 나눌 수 있어.

우리는 함께
기념사진도 찍었어.

아쉽지만 이제 돌아가야 해.

공연은 끝났으니까.

그런데 코끼리는 어디서 왔을까?

엄마, 아빠는 어디에 있는 걸까?

서커스는 어떻게 배웠을까?
코끼리도 서커스를 좋아할까?

코끼리 서커스는 계속돼.